Título	*Cenas da Infância:*
	Kartolas, Kalungas e Katiras
Autor	Jonas Rosa
Editor	Plinio Martins Filho
Produção editorial	Aline Sato
Capa	Ateliê Editorial
Editoração eletrônica	Camyle Cosentino
Formato	14 x 21 cm
Tipologia	Bembo Std
Papel	Pólen Bold 90 g/m² (miolo)
Número de páginas	88
Impressão do miolo	Bartira
Impressão da capa	Nova Impress
Acabamento	Kadoshi

anos de 1960, foi matéria de seu romance: *O Quase Fim de Serapião Filogônio* (Ateliê Editorial, 2008). O livro atual, *Cenas da Infância*, é uma relembrança poética da vida de menino observador do mundo ao seu redor, na sua pequena cidade natal.

Publicou, ainda, *Talvez Poesia* (Hucitec, 1996), já em segunda edição, e *Dos Santos e dos Meninos* (Caminho Editorial, 1998).

Figura, ainda, em Antologias do Espaço Literário Nely Rocha Galassy, da cidade paulista de Americana, do qual é sócio honorário. É sócio da UBE (União Brasileira de Escritores).

Obras publicadas:

O Quase Fim de Serapião Filogônio (romance). São Paulo, Ateliê Editorial, 2008.

Dos Santos do Sagrado Coração. Bauru, Editora da Universidade do Sagrado Coração, 2004.

Dos Santos e dos Meninos. Poemas. São Paulo, Caminho Editorial, 1998.

Talvez Poesia — O Reverso dos Versos. 2ª ed., revista e acrescida de novos poemas. São Paulo, Hucitec, 1996.

SOBRE O AUTOR

Foto: Maria Guiomar do Nascimento Malheiro.

Jonas Rosa é o nome literário de José do Nascimento. Nascido em Carangola, cidade da Zona da Mata mineira, passou parte da infância em Minas Gerais, transferindo-se, aos oito anos, com a sua família para o Rio de Janeiro. Graduando-se em agronomia, voltou à região de seu nascimento como proprietário rural. Mais tarde, ingressou no Serviço Público da Secretaria da Agricultura do estado de São Paulo, onde se aposentou.

O deslocamento do universo rural de Minas Gerais para a metrópole industrial de São Paulo, no início dos

LXVI

Não amadureci na minha terra.
Minha família foi-se para o Rio.
Progredira meu pai, vencera a serra
a pique, após do brejo o desafio.
Era ainda madrugada e a mão do pai
levava-me a viver em outro espaço.
O amigo, sangue sírio, no entra e sai
de sua casa eu vi, retendo o abraço
tanto ele e também eu da despedida.
Pra me abraçar se erguera ainda no escuro,
mas do seu lar parou na erma saída,
vendo entre nós crescer tão alto muro.
A máquina se crispou de agudos silvos
e o trem partiu num chouto de cangalha
ventrilocando as rodas pintassilvos
em hemoptise os brônquios da fornalha...

LXV

A padroeira de lá, Santa Luzia,
era o amparo dos crentes e de aflitos.
Igrejas de outras crenças não havia
ainda, apenas a nossa com seus ritos.
Pela mão de meu pai eu fui levado
para minha primeira Comunhão.
Nada de cursos antes, só o resguardo
do jejum e a primeira Confissão.
Na verdade eu estava um pouco alheio,
névoas do inverno davam cor ao frio.
Mas a fé na família é como um veio
pequenino e depois se enxerga o rio.
Da Santa o nome do martirológio,
baniu-o a lei apática e sem fé.
Mas a Igreja está lá… no alto o relógio
que à Santa doou o meu tio José.

LXIV

Afinal nossa vila já possuía
mais dois carros grandões, férreos, pesados.
Um deles pela rua vindo eu via
com seu dono pagando seus pecados.
Em meu portão sentara-me curioso.
O carro vacilou completamente,
rodas pra cá, pra lá e furioso
se projetou sobre a parede em frente.
Se viesse pro meu lado estava morto.
Minha vida salvou-se por critério
de Deus... e eu nem pensei no desconforto
que era ir do meu portão pro cemitério.
Só ponderei do transe temerário
quando vi minha mãe, ar aflitivo,
(têm conta as mães da Morte no Antiquário...)
mas grata a Deus por seu filho estar vivo.

LXIII

O avô sempre alegava cena rara,
ou milagrosa, ou natural talvez:
A família de um seu irmão passara
para outra seita... Permutara o arnês
espiritual... E do oratório antigo
jogara os santos no lençol do açude.
O irmão do avô morreu... Levou consigo,
supõe-se, mágoa, pois da solitude
do caixão ele ergueu-se e um testemunho
de um pesar veio dar, assaz insólito,
pois disse claramente: "Me acabrunho
termos deixado o nosso chão católico.
A verdadeira fé... A minha fé".
Assombro! O avô, a avó, a prole, o povo
ouviam e o viam bem na sala em pé.
Retornou ao caixão... Morreu de novo.

LXII

Cresci ouvindo as lendas familiares.
Meu avô desfazia sempre o nó
dos fastos, das façanhas peculiares
aos cunhados, irmãos da minha avó.
Um deles, indomável sem cansaço,
uma perna de pau, já que cortara
a perna original feroz balaço,
assim mesmo cavalga e a luta encara.
Cercado por um bando de sicários,
em caminho cortado em densa mata,
teve o fim dos heróis extraordinários,
cujo termo final ainda é bravata.
Ainda outros casos, ainda outros desgarros.
Tinha eloquência o avô, tinha aparato,
imerso no nevoeiro dos cigarros.
Eu pensava: "Melhor é ser pacato…"

LXI

Cândida de Almeida Rosa, a avó Doxa,
raça de canguçus, bem que sabia
tratar algum cristão, que a doença possa
lhe antecipar a data da agonia.
Assim vai para o campo, a mata e a planta
medicinal a colhe com raiz,
macera-a, faz poção e alguém levanta
de sua enxerga... mesmo a meretriz.
Isso fazia mas sem mão avara
e recusava mesmo qualquer paga,
mesmo um franguinho piando na manguara.
De três crianças na orfandade apaga
os prantos e em seu lar têm boa sina.
O cavalo não lhe encurvava o porte,
Nem lhe estranhava a mão a carabina.
Mas mesmo Deus não contraria a morte.

LX

A menina cresceu... a tal da tia...
Se transformou numa mulher saudável.
Um tio dos Açores, onde havia
os troncos paternais, quer vida estável:
Pede-a em casamento e dá um susto
na tia, esse portuga vivo e lesto,
franzino... não meu pai que era robusto.
Formaram um casal de cunho honesto.
A prima agora é minha tia e prima.
Mas não tiveram filhos, a caxumba
quando passa pra baixo nunca rima
com a fertilidade, que retumba,
retumba só, mas não gera os rebentos.
Enfim, a vida tem dessas ciladas...
Nada valem xaropes ou lamentos,
nem se arriscar em outras empreitadas.

LIX

Creio também que aquela polvorosa
da tia a agravou antigo trauma:
A cavalo ela e o tio Lucas Rosa
iam… vindo do mato quebra a calma
um tiro… e o tio tomba e tomba morto.
E ela mocinha e só na erma estrada.
Onde encontrar alguém, um gesto, um porto?
Para sempre ficou apavorada.
Minha avó Doxa, também Rosa, tinha
com Lucas três irmãos mortos assim
em tocaias tombados… a ladainha
fatal vai a sobrinhos… creio, em mim,
que a vida é bem melhor sem os pesares.
Se o teu vizinho é injusto, a caravela
dos teus sonhos navega-a em outros mares.
E estarás rindo mesmo já banguela.

LVIII

Tia Jozina, para nós Zizina,
teve um marido bom... morreu de peste.
Dessa união proveio uma menina.
Um gringo lá do oceânico nordeste,
seu nome, se me lembro, finda em ... Rup,
viu minha tia e também viu-o a tia.
Casaram-se... quem bebe grup... grup...
engrola... e essa união se desfazia...
Quem muito bebe se descamba à toa
e um dia o gringo se aprestou às armas.
Corre a tia com a filha e se esboroa
o lar (dizem alguns que isto são karmas).
Para a casa dos pais foi tia e filha.
O gringo lá aportou... chamou: "Psiu"...
Disse o avô: "Filha e neta ficam na ilha
do meu lar... Vai pra gringa que o pariu..."

LVII

No meio das senzalas uma casa
discreta, ocupada por mulheres
que agitavam seus braços como asas
atraindo os caboclos e os alferes...
E esses lá iam "a pé", não a cavalo
pra não manchar a honra das donzelas...
Entre um caboclo e um "praça" um intervalo
não abafava o ruído das querelas...
"Ô Zantonho tu deixaste o trabaio...
Ô Zantonho que só cheira rapé...
Ô Tonhozé tô aqui e já saio
vou levando o rosário e no rosário a Fé...
Ô Zantonho tu deixaste o teu baio
que pisa maciinho quando vê muié...
Meu baio faz baruio e rincha como um raio
E eu já vou na "caluda" e mal levanto o pé..."

LVI

O "Sinhozim" também que se gabava
da alta afetividade de uma escrava
e se encantava, logo se advinha,
de um torso negro sob a carapinha,
que de Camões no idioma punha um dique,
mesclando nele sons de Moçambique:
"Laranja, banana, mamão, cambucá,
eu tenho de graça que a nêga me dá.
Se a noite é de frio, do que ela mais gosta
é pôr no meu ombro seu manto da Costa".
Ih! Quando longe me vê
grita logo: "Acugerê".
Vem cá… Sinhozim vem cá…
"Acugerê, acugerá…
Acugerê…
Acugerá"…

LV

Para zombar dos brancos alguns truques
dos negros, escandidos nos batuques,
ainda ressoavam pelas salas,
como uns ecos perdidos das senzalas:
"Lá em cima tá chuveno
cá embaixo tá moiado
isquinado, isquinado,
isquinado, isquinado...
eu mandei pidi à véia
sete metro de riscado,
isquinado, isquinado,
isquinado, isquinado...
a véia mandô dizê:
'ô qui negro mar criado...
isquinado, isquinado,
isquinado, isquinado...'"

LIV

Reminiscências ainda dos escravos,
permeadas de risos sem agravos,
xácaras de episódios populares,
resmoneados talvez de antigos lares,
como esta de negrinho audacioso,
se bem que desconfiado e cauteloso,
atrevido, forçando o seu romance,
porém acachapado ao fim do lance:
"Eu parô lá na esquina
pra vê a fia de sá Joaquina,
porém chega o 'seu' dotô
que oiô pra min e priguntô:
– 'Ô nigrim o que tu qué?...
Qui anda fazeno de pé, de pé?...'
Eu parô... eu iscutô...
E a mia cabela se arrupiô..."

LIII

Criando um clima de autozombaria,
o negrinho se irmana ao seu senhor,
pois no riso comum há parceria,
como que uma igualdade no bom humor.
Assim exalta a própria formosura,
e inversa desta que cativa a vista,
as prendas desfiando da figura
que ele deforma em debochada lista:
"Meu sinhô qui mi vendô,
não sabe o que peredô:
nigrinho bem caprichado:
cabeça grande
oreia acabanada
ôio torto
nariz esburrachado
perna curta
beiçola arrevirada
pé cambaio
mamulé…"

LII

Uns vinte homens, jaquetas apertadas,
no carnaval vieram lá das roças,
calças pesca-siri, botinas grossas,
chapeuzinhos com penas encarnadas.
Iam cantando uns motes e para isso
compassavam os pés, corpo gingando,
em cada mão vibrava um pau roliço,
que se chocavam no ar, estralejando.
Não fosse o carnaval seriam maus
pra mim, aqueles homens, com seus ritos,
que usariam talvez aqueles paus
em nós... na incoerência de seus ditos.
De vez em quando sobrevinha um choque:
se inteiriçava o bando de estafermos,
e o encontro dos porretes, toc-toc,
matraqueava tiros pelos ermos.

LI

Às vezes vinha o circo e o seu palhaço
que montado de costas sobre uma égua,
arrastava os moleques, num compasso
respondendo às questões suas sem trégua:
"– Hoje tem marmelada?
– Tem sim sinhô…
– Hoje tem goiabada?
– Tem sim sinhô…
– O palhaço o que é?
– É ladrão de muié…
– O palhaço o que é?
– É ladrão de muié…"
E os meninos assim dessa maneira,
podiam entrar no circo sem pagá-lo,
respondendo ao palhaço e na poeira
batendo os pés e palmas com regalo.

L

Passou "seu" Juca e seus troféus de caça.
Espingarda feroz de nariz alto,
de aves rasteiras quase toda a raça
estraçalhada da arma num contralto.
Horrorizado eu via aquela cena,
eu que tanto estimava os passarinhos.
Das aves na garganta a terna avena
não soaria mais pelos caminhos.
E seu Juca impassível ia em frente,
na carranca feroz um certo orgulho
de provar que seu tiro renitente
transformava os remígios num embrulho.
Eram jacus, nhambus, pombas trocais,
jugulados sem dó de forma abrupta,
as gargantas rompidas nos punhais
que expeliam do cano a força bruta.

XLIX

De minha mãe madrinha, nome: Flora,
ex-escrava, ficava ora tombada
pelo álcool e a afilhada chora, chora,
sobre a mesma deitada na calçada.
A madrinha, porém, perdera o prumo
e não consegue mais ir para casa
e a menininha é beija-flor sem rumo
sobre a perdiz que foi chumbada na asa.
E Tobias, mestiço sorridente,
baixo, cabeça grande, da avó cria,
termos raros falava onisciente,
mas falava-os por pura zombaria.
Sobre rictos soprava-os entre dentes,
mas nada que falava ele entendia.
Por encontrar ouvintes sorridentes
punha capricho em sua algaravia.

XLVIII

Do doutor a carruagem era um luxo,
cocheiro empertigado de libré,
belas mulas sadias no alto empuxo,
pois o doutor não quer andar a pé.
Recém-vindos da escola em Juiz de Fora
dois primos meus, agindo sem escoltas,
pediram ao doutor e ele em má hora
deixou-os dar no coche algumas voltas.
Súbito em Jair ocorre impulso incauto
que o incitou a saltar do veloz carro,
Jota, porém, tentou reter-lhe o salto...
Jair cai... e da morte sente o esbarro.
Lanho largo e profundo a coxa corta.
Podia ter morrido da pancada,
mas Deus da vida não fechou-lhe a porta.
Eu o vi chorando e não esqueci nada.

XLVII

Rui Barbosa e Bernardes: Norte e Sul...
Meus parentes guardavam ainda o ufano
ideal: ver o Rui sobre a curul.
O mineiro no chão, no céu o baiano.
Disse o tio Trajano: "– Canta Jota,
canta, filho o que até a vaca berra".
E o Jota (seus doze anos), dava a nota
de uma intenção que se perdeu sem guerra:
"– O queijo de Minas está bichado
pois é
não sei porque é... não sei porque é...
Prefiro a ele um bem apimentado
maná
um bom vatapá... Um bom vatapá".
E assim vibrava ali ainda um sainete
que sugeria Rui para o Catete.

XLVI

"– Bom dia!" – respondeu: "É 'seu' Trajano?"
(O homem já conhecia, pois, meu tio).
E o tio: "– Estou aqui como cigano
ou alguém sem barco pra transpor o rio.
Eu preciso encontrar quem tenha pasto
e me cuide da tropa uns trinta dias.
Se for cuidar da mesma me desgasto
e das águas não gozo as regalias.
Eu pago bem…". "– Mas 'seu' Trajano, então,
quer o senhor que eu faça esse serviço?"
E a tropa recolheu-a o "bom ladrão",
que ao fim de um mês a trouxe com mais viço.
Tempos depois a "lei dura" afrontou,
que implacável mandou-o para a cova.
O "bom ladrão" assim não mais cantou
de exímio cavaleiro a sua trova.

XLV

Na estância mineral só a casa e as ramas
que entravam pelas portas e janelas.
Meu tio e seus peões fizeram as camas
com uns taquaruçus. Vieram baixelas
nas quais faltavam, por cautela, os pratos.
Estes faltando, usaram-se cuités.
Enfim improvisavam-se artefatos.
Havia dois fogões e as chaminés.
Certo homem no outro dia ao tio disse:
"Eu fico até com pena, 'seu Trajano'
Tem gente aí que o ofício é gatunice,
vai lhe roubar a tropa sem engano".
Meu tio respondeu-lhe: "Onde ele mora?"
Arreou uma mula forte, lesta
e foi lá se entender nessa mesma hora
com o tal sujeito de aura desonesta.

XLIV

Atrelada a matilha e pronto o pajem!
Assim começa, em minha antologia
escolar, o poema de uma viagem
feita em corcéis, sob a aura da magia
de bela dama encantadora e pálida.
Meu pai fora aos Açores ver seus pais.
N'uma manhã de luz dourada e cálida
fomos a Fervedouro. Os animais:
trinta e dois. Os ginetes: vinte e seis.
Cinco léguas de estrada, ou mais talvez.
Belos corcéis da marcha na altivez,
mulas tensas da força na hibridez.
Tropa luzida do tio Trajano.
Eu na garupa (assim uns outros três),
de peão de meu tio, que ia ufano
à frente, em garanhão cinza-pedrês.

XLIII

De cantos ainda e letras apropriadas
aos sapateados duros "do catira".
Vinha um canto primeiro e as pancadas
dos pés após no assoalho... e o assoalho atira
os plocs... plecs... plecs... para o alto.
Meu avô era mestre nessas artes,
que geram frenesi e sobressalto,
que os anjos amam e amam malazartes.
Como essa: "Adeus, adeus,
Antonica de Lorena,
na esquina do Passa-Três
foi-se embora e me deixou.
plec... pli ploc... plec plô ploc ploc plô ploc...
Tenho fome não posso comer.
Tenho sede não posso beber.
Tenho sono não posso dormir.
E por imaginação
meu amor tem outro dono
ploc... pli ploc...

XLII

Lembro letra de dueto sacudido,
assunto em ritornelo, curto trote,
no qual o avô se expunha no escandido
aríete vivaz, sons em rebote:
"– Ô meu irmão Joãozim
  – O que lá?
  – Traga cá um tição de fogo.
  – Para quê?
  – Para assar meu passarim...
  – Tá gordim?
  – Tá com a barriga inchada.
  – Coitadim".
Os moleques armavam variações:
O irmão Joãozim é que ia ser assado
o passarim trazia seus tições
e tudo terminava em sapateado.

XLI

Meu avô açoriano foi baleeiro,
quando caçar baleias era a muque.
Era um tipo curioso o avô mineiro,
que da catira amava um bom batuque.
O que quer que fizesse era assistido
de aprofundados, tabagistas tragos
e muito me admira não ter tido
os inerentes ao cigarro estragos.
Canções em sua casa em voz sonora
entoava, penso que cantor frustrado
foi... por não haver rádio ele em boa hora
de harmonia mandava o seu recado.
Algumas vezes cantos sincopados,
brincadeiras que algum folclore hodierno
imitar poderia... e os sapateados
de então se inseririam no moderno.

XL

Milagre inexplicável considero
desde os sete anos ter guardado o Cristo,
pois nem sempre na vida fui austero
com meus valores… Nessa lista eu listo
perda de argêntea bolsa que um padrinho
me dera e outras coisas preciosas.
Pergunto: "Em qual vereda, em qual caminho,
reencontrar da minha planta as rosas?"
Meu *smocking* perdi da formatura,
mas recobrei a Fé ida aos espaços.
Meus bens e meu rebanho uma aventura
emaranhada em teias de fracassos.
Mas o Cristo singelo lá da escola,
foi Ele que não deu-me a despedida.
Tenho-o sempre comigo qual esmola
de Deus e quero-o mais que à minha vida.

XXXIX

Chegou o fim das aulas e era exame.
Meu pai compunha a banca, sorridente.
Fui ao quadro e senti dar um vexame
pois dos temas mostrei ser mau agente.
Assim mesmo ganhei um crucifixo.
Não entendi o prêmio, mas comigo
ainda o tenho e esse Cristo é o meu prefixo,
é meu amigo novo e amigo antigo.
Quando à rua sai levava ufano
cartolina com belo cão pintado.
Esse feito seria sobre-humano
pra mim, mas fê-lo a mestra de bom grado.
Dos vizinhos o cão era elogiado,
louvavam meu saber, o meu alento,
mas me vexava, quando alguém, pasmado,
dizia ser eu poço de talento.

XXXVIII

Da sala, primeiro ano do primário,
fugi diversas vezes e para isso
me ajudava uma escada no cenário,
livrando-me do duro compromisso.
Porém na última vez que fui trânsfuga,
já na rua, senti que me caçava
um sujeito grandão que o trote estuga,
mandado pela mestra em maré-brava...
Ele alcançou-me e me pegou no colo.
Gritei por minha mãe e no seu saco
meti o pé sem dó nem protocolo.
Soltou-me e então corri como macaco.
Contei pra minha mãe o sucedido,
a só verdade, sem fazer marola.
A Mestra foi lá em casa e a mim, vencido,
reconduziu-me, humilde, para a escola.

XXXVII

Trouxe pra mim do Rio linda bola
meu pai, própria de jogo oficial.
Bola mágica assim com tal bitola,
só o time Ipiranga tinha igual.
Os meninos, qual bando de ciganos,
vieram suplicar com voz e olhar
(eles tinham de doze até quinze anos)
licença para um jogo disputar.
Dois times... mas não foi-me concedido,
ainda que "rei da bola" em meio ao campo,
(eu sete anos) nem chute comedido
dar lá... Vinte e uma rãs e um pirilampo.
Confuso fui à casa matar sede.
Disse a irmã: "Sua face pega fogo.
E a sua atuação?..." Olhei a parede
e disse: "Marquei só um gol no jogo".

XXXVI

Frango frito caipira era comigo.
Queria pô-lo inteiro no meu prato.
Minha mãe me ameaçava com castigo
por este egoísta e mal educado ato.
Visitou-nos a Mestra em nossa casa.
No jantar tinha frango e como um gato
ela atacou o frango, pois pôs a asa
a coxa, o peito e o "sobre" no seu prato.
Senti não ser só minha a felonia.
Dois marginais, eu e ela, da etiqueta.
Se ela era delituosa eu bem podia
ser um seu companheiro de sarjeta.
Assim catei uns cinco bons pedaços,
com uma certa volúpia e sem guarida.
Quando a visita foi-se após abraços
a mãe caiu num riso sem medida.

XXXV

Pelo Natal chegava à nossa casa
vinho, mais bacalhau, nozes, castanhas.
Eram como um maná que Portugal
oferecia às sibaritas sanhas.
Então ao meu amigo e a mim, nos dava
(andorinhas no enxame dos cupins)
uma febre que as nozes atacava,
como em pinteiro odiosos guaxinins.
Era bem a investida um disparate.
Butim em quarto fora e os dois focinhos,
com dentes num trabalho de alicate,
nozes comiam como a grãos moinhos.
Saco visado ao fim ganhava perto
grande monte de cascas que, em sorriso
mordaz, diria alguém, ser de alguém certo
morto de fome e falto de juízo.

XXXIV

Grandes cães cabeçudos, sonolentos
pari-passu com bois puxando carros,
os carreiros seguindo, poeirentos
ou mesmo salpicados pelos barros,
com esses cães de bochechas latejantes,
mansarrões no bochorno amormaçado,
media-me na altura, por instantes,
sem medo, no seu passo tardigrado.
Mas no cão do vizinho, grande, fero,
pela cerca de lascas fui jogar
um pau, porém das lascas no entrevero
preso ficou meu braço... quis gritar.
"Seu" Braz, dono do cão, por sorte vinha
ao seu quintal... salvou-me no trespasse.
Sendo homem bom a zanga que convinha
trocou-a por conselho: "Que eu rezasse..."

XXXIII

Na venda de "seu João", próxima à praça,
tinha a maior delícia desta vida:
uma bala redonda, dura massa,
coco queimado, fórmula perdida
penso eu, pois nunca mais no mundo a achei.
A bala produzia em mim, deveras,
sensação de ser rei ou vice-rei,
do gozo gustativo nas esferas.
Um tostão facultava dez ou doze.
Quando se desfazia no final,
a delícia aumentava a sua dose
tão forte que acrescia mais um grau
na essência papilar, que até doía.
De produção em massa a maquinaria
destruiu minha bala, todavia
ainda a fareja a minha pituitária.

XXXII

Visitou ao vizinho um seu parente.
Com ele dois meninos bem vestidos,
um deles ar neurótico presente
em seus olhos morteiros, decaídos.
Não sei qual o motivo dessa guerra
mas os meninos, vendo-me, jogaram
pedras e eu revidei, de serra a serra,
isto é, de lá de cá pedras voaram.
Quando eles me visavam eu fugia
o corpo e lhes mandava outro petardo.
Notando que ao fugir tinham mania
de juntarem seus corpos, sem resguardo,
joguei bem no seu meio a minha bala,
e eles se unindo aí tomaram chumbo.
E a guerra terminou desfazida a ala
do inimigo, com choro de retumbo.

XXXI

Meu cachorro pequeno, vivo, preto
tinha mau vezo de latir no pé
de estranho à nossa casa ou no boleto
de corcel que passasse "prequeté".
Mas não mordia... e eu o ameaçava
de lhe bater... então vinha covarde
a cabeça abaixada e a maré brava
desfeita, já sem ronha, sem alarde.
Passou o cego e seu menino-guia...
Entre os meus pés postava-se Corisco
que de súbito latiu, na algaravia
que era barulho só, sem qualquer risco.
Pra defender-se o cego, sem cautela,
terrível golpe deu do cão no rumo.
O porrete atingiu minha canela.
Quase a partiu e me tirou do prumo.

XXX

Eu esperava o carro todo dia
e os bois no seu pisar sólido e lindo,
até que uma poeira uma alegria
trouxe a mim... com a poeira o carro vindo.
Quando o carreiro pôs no cabeçalho
o descanso, corri para o candeeiro,
que ainda tinha na mão vara e chocalho,
e ainda que me sentindo bucaneiro
a beleba eu lhe dava em minha palma.
Pensei que fosse agradecer-me ao menos.
Mas que nada, ele estava de má alma
e ia rosnando baixo alguns venenos.
Pegou com fúria na beleba e ao mato
jogou-a, usando sua força plena.
Então me interroguei: "Tanto aparato
pra me humilhar nesta humilhante cena?"

XXIX

Parou o carro e com ele seu rechino.
Do olhar dos bois coava-se virtude.
O candeeiro chamou-me de inopino
pra com ele jogar bola de gude.
Jogou no chão beleba algo quebrada
e eu com a minha a quiquei em breve lance,
sofrendo o candeeiro assim chumbada.
Pediu-me devolvê-la num relance,
mas jogo é jogo e regra é regra firme.
Ele chorou e eu fui-me embora austero.
Mas seu choro passou aí a seguir-me...
a bolinha tão gasta... e eu me vi fero
com o remorso a morder-me... e decidi-me
devolvê-la, tão logo assim o visse.
Ia assim a livrar-me do meu crime
e do remorso oriundo de uma asnice.

XXVIII

Chegou por fim o telefone mágico,
monumental progresso em meio rústico.
O início para mim foi algo trágico,
por não compreender recado acústico.
Quando deu seu sinal, se inaugurando,
(só eu em casa e Marizé comigo),
subi numa cadeira, não o alcançando
do chão… e o recebi como inimigo,
esgoelando tudo isso que eu havia
apreendido de cor de chulo idioma.
Marizé indecisa… e eu não sabia
se seu riso era bom ou mal sintoma.
No outro dia meu pai no cenho tinha
um ar terrível… Disse-me: "Peçonha
você a usou pra quem testava a linha".
Baixei a crista morto de vergonha.

XXVII

O irmãozinho Renato todo dia
procurava uma avó: a açoriana
ou mesmo a avó mineira se podia
ir mais longe, levado pela mana.
Mas não pedia doce nem tostão,
só desejava um prego enferrujado.
Punha-o em seu bolsinho e logo então
voltava, o capital já reforçado,
em seu passinho de quatro anos só.
Em casa punha o prego numa caixa,
numa inocência que até dava dó.
E assim seu patrimônio não se abaixa
frente aos que têm dinheiro, terra ou gado.
Eu mais velho do que ele por quatro eras,
pra mim era um encanto humanizado.
E defendia-o como à cria as feras.

XXVI

Do meu quintal no fundo havia o rio.
Gritei pros pescadores da canoa,
(um dos quais aliás era meu tio)
"Joga um peixe pra cá…" e o peixe voa
grande de um palmo e cai perto de mim.
Pego a acará prateada e veloz corro,
ponho-a no chafariz do meu jardim.
A água cheirou nessa hora o meu cachorro
na certa concluindo:"Tem aqui
inquilino…" Mas eu não a descurava.
Era de ceva de água um bacuri…
Se "seu Inácio" o tanque esvaziava,
para limpá-lo, saía ela da gruta
que tinha o tanque e aparecia enfim.
Vinha rabeando em plácida conduta.
Eu a estimava e creio que ela a mim.

XXV

Por descuido no lar perdera a vista
menino que morava em nossa rua.
Perdeu-a ainda lactente e nessa lista
de infortúnios é justo que se inclua
a ignorância junto à displicência.
Ele era corajoso pois subia,
com a ajuda dos outros, na iminência
de um paredão ao pé do qual havia
um areião... de lá do alto da treva
sobre a treva pulava... herói perfeito
mas que antes se benzia... e assim na leva
da meninada estava a qualquer feito.
Não sei se ainda tateia pelo mundo
essa menino bravo, desvalido
da luz... no interminável túnel fundo
em que o pôs um desleixo sem sentido.

XXIV

Eu a cena guardei como legenda:
duas mulheres do álcool no fogacho,
portando carne, em cômica contenda,
batiam-se sem chingos, sem coaxo.
Era a carne vermelha a arma da guerra.
Reluzentes da carne, da gordura,
tombava ora uma ora outra sobre a terra,
olhos chispantes, fera a boca dura.
Dois praças apressaram o fim do choque.
Havia gente rindo de maldade.
Levou-as a polícia de reboque,
pra ganhar na cadeia sobriedade.
Mas o final não foi despiciendo:
Os filés sobre o chão, proteica seara,
um moleque os pegou e foi correndo.
Carne pobre levou a carne cara.

XXIII

"Ô Jabiraca com seu pé de pato."
"Ô Jabiraca com seu pé de pinto."
"Vai xingar sua mãe......... cara de rato.
Vai comer com os gambás.........bicho faminto."
Da escravidão reflexo Jabiraca,
pras famílias levava água de mina,
ganhando assim qualquer meia pataca.
Ia cantando em som de concertina
ou como gata mia em noite clara.
A lata, vinte litros, em seu ombro,
a cabeça, inclinada, assim a ampara.
Favores não pedia e desassombro
mostrava à molecada, que no entreato,
(Jabiraca reagia por instinto),
dizia ser seu pé um pé de pato
ou, em contradição, um pé de pinto.

XXII

Foi no cinema mudo branco e preto:
na frente uma senhora batucava
n'um piano não sei se minueto
e a tela projetava briga brava.
Duas irmãs comigo me zelando.
A tela pegou fogo e eu já dormindo.
Todo mundo correu em doido bando.
Creio que em sonho eu via já caindo
no alçapão que eu armara ave canora.
E ali fiquei impávido e inocente.
Mas uma mão aflita em aflita hora
me empolgou, me esticou como serpente
e me tirou do sonho, em cambulhada...
Era a querida irmã que dera falta
de mim, na rua já, já na calçada
e vinha me salvar lá na ribalta.

XXI

Nossa vila ganhou por fim um carro.
Um pioneiro, moço corajoso,
levou pra lá perua "amassa-barro"
num lance de progresso audacioso.
A geringonça quando aberta a tampa
era um *geiser* queimando carrapichos
e por detrás lembrava certa estampa
que era um vulcão com seus fumos de esguichos.
Eu não sei se dormi, se desmaiei.
A perua de ré me esmagaria
se Marizé, por uma santa lei
da intuição, da morte acre a alforria
pra mim não conseguisse em prazo ativo.
Só depois que acordei fiquei sabendo
que para alguém morrer basta estar vivo.
Por não ver, não sofri o ato tremendo.

XX

Na empresa de meu pai outro Joaquim.
Esse era português de fala cava,
um hábil marceneiro, forte, enfim
um descendente dessa gente brava
que armava caravelas pro "sem-fim".
Fez pra mim um viveiro lindo, largo,
cerne: tonalidade de marfim
e a mim só me restava aquele encargo
que me excitava mais do que um festim:
prender lá meus coleiros, meus canários,
que eram minha lanterna de Aladim.
"Seu" Joaquim fazia comentários
de um erudito que ao saber dá fé
e um dia o vi falar solenemente:
"Em nosso idioma o mais longo termo é:
inconstitucionalissimamente".

XIX

Pois o tenente da polícia tinha
um ordenança que longe o seguia.
Era um pardo reteso, bom de rinha.
Joaquim rachava lenha certo dia
quando o ordenança com ou sem motivo,
com Joaquim trocou frases hostis.
Mas o machado pôs um aditivo
nessa conversação de humores vis.
O ordenança caído de arma fera
atirou e Joaquim, também freguês
da morte, foi ao chão e Joaquim já era.
E a Bruxa levou dois de uma só vez.
De antologia lembro do colégio:
"Tombados lá estão touro e jaguar".
Engraçado: eu me dava um privilégio:
"Só eu podia o caso relatar".

XVIII

Mas o caso merece um circunlóquio:
A militar polícia da cidade
tinha um tenente. Não sei se colóquio
houve algum ou somente afinidade
com minha tia, que era açoriana,
que meu pai, bom irmão, trouxera da ilha.
Tenente guapo, a tia de campana.
Desse tempo, porém, uma cartilha
gente do futebol ou da polícia,
ainda que sem motivos, condenava
e meu avô à tia, sem blandícia,
da janela a baniu… porém a olhava
nessa hora o seu tenente da polícia.
Foi desfeita brutal… ela na alcova
enfiou-se e nem quis dar mais notícia.
Anos depois saiu… mas foi pra cova…

XVII

Era forte Joaquim... Núbio sadio.
Otimista risonho, serviçal,
pela sua energia um atavio
à sua ação se unia cordial.
Conduziu-me umas vezes pra o cabelo
cortar e no caminho ia a falar
de cousas várias, rindo, que era apelo
pra o filho do patrão não enfastiar.
Guerreiro vitorioso em tempo calmo,
como que em sua espádua nossa casa
se escorasse e meu pai como num salmo
dizia: "Sem Joaquim tudo se atrasa".
Pois essa força assim tão maquinal,
à qual ninguém supunha ser capaz
de receber ou mal fazer, banal
tinha também um frágil ser fugaz.

XVI

Havia uma vizinha destemida,
mocinha de uns treze anos turbulentos,
que disse a mim e ao meu amigo: "Dívida
temos e pra obter abatimentos
dos pecados e assim o mau Capeta
espantar é preciso na calçada
deixar o nosso sangue que derreta.
Isto eu fiz na semana já passada".
Trazia um canivete em sua mão.
Meu amigo valente deu seu dedo
que ela lanhou sem dó nem compaixão
e seu sangue escorreu sobre o lajedo.
Na minha vez porém pulei de lado.
"Cê besta!…", disse, "nunca houve esse dia
que você disse ter sangue espalhado".
E me salvei assim sem covardia.

XV

Fui correndo com a gata bem suspensa
em meus braços... Solerte tinha uns planos.
À prima procurei: "Me dá licença?
trouxe um presente para os seus vinte anos".
É que a prima naquele dia exato
comemorava o seu aniversário.
"Não acredito..." disse e ar abstrato
desceu em sua face e no cenário,
porque senti meu ânimo erodido.
Coloquei em seu colo o bicho lindo.
Ela o afagou num gesto constrangido,
como noiva que após o baile findo
não tivesse certeza no marido.
Eu fui saindo assim como um coitado,
porque estava da burla coagido.
E meu presente foi invalidado.

XIV

Gatos ladrões, sem classe social,
miando à noite como chora gente,
que eu de dia flagrava em meu quintal,
safavam-se das pedras velozmente.
Mas havia uma gata em vizinhança,
uma angorá lindíssima e dengosa,
que era a suprema bem-aventurança
de sua dona, moça caprichosa.
Minha prima que a olhava da janela
vivia suspirando pela gata:
"Quem me dera ser eu a dona dela.
Quando anda não é gata é uma cascata".
Um dia resolvi: fui à donzela:
"Posso mostrar a gata à minha prima?"
Eu nela percebi medo, cautela,
mas deu-ma enfim porque me tinha estima.

XIII

Visitou-me o pavor alguma vez:
acreditava que no corredor,
junto ao meu quarto, duendes no entremez
de atos sinistros, vinham interpor,
em nossas vidas, suas ingerências.
As passadas soavam regulares.
Vinham de lá, de suas conferências
ou de soturnas tumbas tumulares?
Visavam se vingar? E, eu logo ali.
Tremia… "– Se ao meu quarto vêm agora,
cubro a cabeça e finjo que morri".
Ansiava a alvorada pois que a essa hora,
céleres voam, perdem relevância…
Os duendes, descobri posteriormente,
eram só minha mãe que, em vigilância,
cuidava, à noite, de irmãozinho doente.

XII

Oito irmãos era o saldo que a tarrafa
carnal trouxe pra aquela síria gente.
Um deles gênio escapo da garrafa
pra mim, que o acreditava onipotente.
Bem mais velho do que eu, montou-me um dia
num cavalo retido em perto pasto.
Foi-me puxando em trote e eu tudo via
sob mágico prisma... mas nefasto
se tornou pois um peão inconformado
que naquele momento inoportuno
surgiu, fez do meu "gênio" um fracassado
ser real ou até mesmo mau gatuno,
já que o pôs a correr em torpe via
humilhante, meu "gênio" desonrando.
E a luz votiva que eu lhe dava eu via
melancolicamente se apagando.

XI

Minha mãe da aventura não sabia
das minhas escapadas culinárias.
Dizia: "Meu fastio parecia,
por ir e vir, a focos de urticárias".
Um cara de uns quinze anos, eu seis anos,
eu sentado de um campo sobre a grama,
inaugurou pra mim os desenganos
da humanidade, pois me pôs num drama
ao raspar meu pescoço com urtiga.
Depois correu... eu fui para o meu canto,
(tonto de dor que até adulto obriga
a gemer), onde um outro desencanto
me esperava, como a ave uma arapuca,
pois meu leite ganhou mosca madraça.
Coque cantou qual cuco em minha cuca.
Pensei: "Meu Deus do céu quanta desgraça".

X

Brigando dei-lhe quedas... fui também
ao chão, mas sua cuca bem ilesa
de pedradas ficou... e hoje é um bem
pra mim, não ter rezado a sua reza.
Em sua casa às vezes vinha um prato,
um prato só, porém duas colheres,
ele lá, eu de cá, sem aparato,
no exército da fome dois alferes.
N'uma talha de barro bem bojuda
se afundava uma cuia presa em vara.
Ninguém pedia copo, toda a ajuda
vinha da vara e a cuia vinha à cara.
Quem bebia voltava esse artefato
para o fundo da talha milagrosa.
Matar a sede ali era aparato
como ir a fonte de água suspeitosa.

IX

Tive um amigo inseparável. Sírio
de pais, mas brasileiro aqui nascido.
Em minh'alma está sempre aceso um círio
ao seu vulto, em saudades esculpido.
Aos vinte anos morreu... Tuberculose
entregou-o à Bruxa das matracas
que, em regougos, mortalhas corta e cose
e com chispas no olhar afia facas.
Irmão... mas entre irmãos também atritos
ocorrem e também se dão pancadas,
por isso, duas vezes, em conflitos,
sangrou minha cabeça com pedradas.
Minha mãe punha pensos, me vigiando.
Ele vinha solerte lá da rua,
sobre um passo felino e miserando,
pedir perdão por sua ação tão crua.

VIII

Os meninos não tinham nada disto
que hoje diverte, educa ou aliena,
que pode ser Jesus ou Anticristo
que pode ser cordeiro ou ser hiena.
Bola, pião, belebas, passarinhos,
eram os bens que enchiam os meus castelos,
sustentados nas asas, nos caminhos,
dos "cabecinhas de fogo" amarelos.
Fui caçador, na infância, impenitente.
Como homem seduzido por mulheres
aves caçava por amá-las… Crente
balbuciando em transe "misereres".
Traziam-me os mistérios da floresta,
do agreste a insuperável poesia.
Perdido entre os meus pássaros a festa
não acabava nunca, dia a dia.

VII

Havia uma vizinha cuja filha,
talvez quatro anos, me levou um dia
a lhe propor casório... maravilha,
pois eu talvez cinco anos só teria.
A proposta porém foi feita em via
de fato, pois beijava-a com vigor
e deixando de lado a poesia
de Eros assimilei o seu ardor.
Ao beijá-la na porta ela batia
a cabeça dizendo: "Sim, mas pára..."
e minha mãe perdeu sua energia
no riso que uma cena assim dispara.
Depois contou o caso pra vizinha,
sorrindo, da janela e também ela.
(Rua no meio mas nada ia ou vinha).
Da noiva a mãe bateu com a janela.

VI

A desidratação quatro irmãozinhos
levou... Colaborou a ignorância,
que impedia da cura os bons caminhos,
deixando-os sem comer, da fome na ânsia.
Minha mãe muito tempo decorrido,
a medicina já com mais renome,
dizia com semblante compungido:
"Quem matava meus filhos era a fome".
Ainda me lembro de fotografia
de irmãozinho deitado em seu caixão,
mas perdeu-se na névoa da abulia
que preside de um clã a dispersão.
Tempos diversos, hábitos mineiros.
Cinco em tantos irmãos é assaz restrito.
Onde estão?... Vou açular meus perdigueiros
para os achar nas vias do infinito.

V

Tive uma linda irmã loira, Heleninha.
Beleza que aos humanos maravilha.
Sentir-se-ia orgulhosa uma rainha
se pudesse dizer: "É minha filha".
Veio a furunculose impiedosa,
veio o doutor, um néscio com diploma,
que numa fria ação delituosa
fez o ferro expressar o seu idioma
e, a frio, rasgou todos os tumores.
Ela tinha três anos, eu só cinco,
mas não esqueço a cena dos horrores.
Pensava que a valesse e com afinco
por mim chamava em meio a sangue e prantos.
Por que veio a esse mundo anjo tão lindo?
Deus que lhe dê do céu os mil encantos.
Quem me dera saber que está sorrindo.

IV

Marizé tinha a pele acobreada
vermelho-arroxeado dos mais belos.
Quando por mim na face era beijada,
realizando assim os meus anelos,
ela nada dizia, só fitava
o céu, como se visse um anjo vindo.
Em seu olhar um luar se extravasava
e pela sua face ia caindo...
"Empregada melhor é impossível",
minha mãe exigente isso dizia,
mas esse mundo é mesmo coisa horrível,
pois nos mudando lá ficou Maria.
Fiz uma confidência ao meu bom pai:
"Maria revelou-me num queixume
da braveza da mãe..." que chorou... vai
daí sei... minha mãe chorou por ciúme.

III

Numa fase dormia só se fosse
segurando da mãe as longas tranças.
Quem me deu esse vício, quem m'o trouxe?
Quem vai listar os tiques das crianças?
N'outra para eu dormir cantos entoa
a ama... sons de dolência e solidão:
"– Chefe de Polícia mandou prendê o 'Broa'
mas prendê não mandou: 'Sete Coroa' ".
E alguns outros tão tristes: "– João, João,
Maria vem chegano do trabaio,
se ocê vai matá ela é ingratidão..."
E tum, tum, tum, seus pés sobre o "assoaio",
pra lá, pra cá, pra lá, presa pantera,
media (eu em seu colo), o quarto a passo.
Pra mim toda essa cena hoje é quimera
mas ainda vibra em ondas pelo espaço.

II

Mas há ainda outros fatos primitivos.
Lembro-me engatinhando pelo quarto
à noite, sem saber quais incentivos
a arrastar me levavam qual lagarto.
Minha ama-seca tinha por bom nome
Maria, combinado com José.
De mim cuidava pra matar a fome
e juntar uns trocados no cuité...
Era mais brava que uma jararaca,
braço alheio lanhou com um facão.
Enraivada era vaca quando ataca,
mas pra mim era mãe no coração.
Nessa noite, me lembro, segurava
por trás meu camisolo me guiando.
Não sei se algum motivo me espertava
mas certo que da vida era educando.

I

Ano e meio eu teria ou pouco mais
quando, lembro, rolei por uma escada
que da sala ao jardim ia... jamais
esquecerei da pedra a vil pancada.
Tentava levantar-me, mais um lance
rolava... e fui assim até o chão.
Ninguém notou, nem mesmo de relance,
minha cuca quicando no desvão.
Mais pesada que o corpo era a cabeça.
Bem que chorei... doía que doía,
uma dor mais aguda do que espessa.
Havia um sol violento nesse dia
e lá fiquei torrando no chão rente.
Quem me tirou do impasse não me lembro,
mas sentia seu bafo que era quente...
Mês?... Qualquer um, de agosto até dezembro.

Cenas da Infância

Kartolas, Kalungas e Katiras

ma é o *medo* do menino que produz a crença em seres irreais, os duendes que o perseguem à noite.

Poeta que acaba de cumprir uma centena de anos bem vividos, Jonas Rosa nos dá agora os frutos maduros de sua memória, de sua imaginação e do seu sentimento do tempo passado.

mória. Daí a qualidade intrinsecamente narrativa desta obra.

Ele não só canta o passado (o que é sua vertente lírica) como o reconta com a precisão de um memorialista nato.

Recorrendo à intuição de um admirável pensador italiano, Benedetto Croce, aprendemos que todo o poema realiza uma fusão de imagem e sentimento. E nos perguntamos: a presença constante da lembrança na construção literária de Jonas Rosa, por acaso deixa em segundo plano o papel da imaginação?

Aparentemente, sim, se tomarmos a sua evocação da infância como cópia fotográfica das situações vividas pelo sujeito lírico. Mas, na verdade, cavando mais fundo, encontramos já na fonte das reminiscências a força da imaginação da criança.

Atente o leitor para um dos poemas mais belos desta coletânea, o de número XIII, que começa com estes versos:

Visitou-me o pavor alguma vez:
acreditava que no corredor,
junto ao meu quarto, duendes no entremez
de atos sinistros, vinham interpor,
em nossas vidas, suas ingerências.

....

Os duendes, descobri posteriormente,
eram só minha mãe que, em vigilância,
cuidava, à noite, de irmãozinho doente.

Confirma-se aquela definição lapidar do filósofo da Estética: poesia é sempre "complexo de imagens" (reais ou ideais) pelo qual perpassa um sentimento. Neste poe-

Não sei se ainda tateia pelo mundo
esse menino bravo, desvalido
da luz... no interminável túnel fundo.

A avó Doxa, figura majestosa e benigna, ereta em seu cavalo, que sabia curar os sofredores com as ervas que colhia.

Mas a lembrança biográfica alcança também a cultura da época: torna familiar a evocação do circo, do palhaço seguido pelos moleques, do cinema mudo em preto e branco onde alguém batucava um minueto no piano.

Os sapateados duros do catira, as pancadas dos pés no assoalho, plec, pli ploc, plec plô...

De especial valor são as canções e brincadeiras na algaravia dos negros que não exclui uma crítica social da escravidão. Na autozombaria o negrinho se irmana a seu senhor na parceria do riso:

Meu sinhô qui mi vendô
não sabe o que peredô:
nigrinho bem caprichado...

que se autodescreve em tom de caçoada.

Aprecio especialmente a canção que minha mãe também cantava:

Laranja, banana, mamão, cambucá
eu tenho de graça que a nega me dá.
Se a noite é de frio o que ela mais gosta
é pôr no meu ombro seu manto da Costa.

★ ★ ★

Nestas cenas da infância Jonas Rosa continuou sendo o que seu verso desde cedo revelou: um poeta da me-

APRESENTAÇÃO
*Ecléa Bosi**

Silêncio... entremos com passos leves na soleira deste livro. São memórias de um poeta centenário.

Mas, cuidado! Não acordemos o menino que dorme segurando as longas tranças de sua mãe.

Seria o encontro de um paraíso, mas Proust nos adverte que os verdadeiros paraísos são aqueles perdidos. Deste, de Jonas Rosa, "ainda vibram ondas pelo espaço".

A criança vivia entre seus pássaros numa festa que não acabava nunca, dia a dia. E tinha um peixe, a acará prateada, que ele suspeita que retribuía seu amor.

No entanto, existiam os tombos do menino levado, as quedas e batidas e a perda dos irmãozinhos mortos que ele ainda procura "para os achar nas vias do infinito".

Mundo de afetos como o do amigo sírio, na encantadora cena evocada de um só prato de comida com duas colheres com que dividiam a refeição. E do pequeno irmão Renato, cuja ingenuidade defende como onça a cria.

Do menino cego:

---

* Professora emérita e titular do Departamento de Psicologia Social e do Trabalho no Instituto de Psicologia da Universidade de São Paulo. Publicou, entre outros livros, *Memória e Sociedade*, *Cultura de Massa e Cultura Popular*, *Leituras de Operárias*, *Velhos Amigos*, *O Tempo Vivo da Memória*.

XLII. 56		LVI 70
XLIII 57		LVII 71
XLIV 58		LVIII 72
XLV 59		LIX 73
XLVI 60		LX. 74
XLVII 61		LXI 75
XLVIII 62		LXII. 76
XLIX 63		LXIII 77
L. 64		LXIV 78
LI 65		LXV 79
LII. 66		LXVI 80
LIII 67		
LIV 68		Sobre o Autor 81
LV 69		

SUMÁRIO

APRESENTAÇÃO 9
   Ecléa Bosi

CENAS DA INFÂNCIA

I 15

II 16

III 17

IV 18

V 19

VI 20

VII 21

VIII 22

IX 23

X 24

XI 25

XII 26

XIII 27

XIV 28

XV 29

XVI 30

XVII 31

XVIII 32

XIX 33

XX 34

XXI 35

XXII 36

XXIII 37

XXIV 38

XXV 39

XXVI 40

XXVII 41

XXVIII 42

XXIX 43

XXX 44

XXXI 45

XXXII 46

XXXIII 47

XXXIV 48

XXXV 49

XXXVI 50

XXXVII 51

XXXVIII 52

XXXIX 53

XL 54

XLI 55

Copyright © 2017 Jonas Rosa

Direitos reservados e protegidos pela Lei 9.610 de 19 de fevereiro de 1998.
É proibida a reprodução total ou parcial sem autorização,
por escrito, da editora.

Dados Internacionais de Catalogação na Publicação (CIP)
(Câmara Brasileira do Livro, SP, Brasil)

Rosa, Jonas
   Cenas da Infância: Kartolas, Kalungas e
Katiras / Jonas Rosa. – Cotia, SP: Ateliê
Editorial, 2017.

   ISBN 978-85-7480-762-1

   1. Poesia   2. Poesia brasileira I. Título.

17-00966   CDD-869.1

Índices para catálogo sistemático:

1. Poesia: Literatura brasileira   869.1

Direitos reservados à
ATELIÊ EDITORIAL
Estrada da Aldeia de Carapicuíba, 897
06709-300 – Cotia – SP
Tels.: (11) 4612-9666 / 4702-5915
www.atelie.com.br
contato@atelie.com.br

Printed in Brazil 2017
Foi feito depósito legal

JONAS ROSA

Cenas da Infância

Kartolas, Kalungas e Katiras

Ateliê Editorial

Cenas da Infância